La Femme et le Pantin

(CONCHITA)

Tiré de « *La Femme et le Pantin* »
DE
Pierre LOUŸS

PAR

Maurice VAUCAIRE

MUSIQUE DE

RICCARDO ZANDONAÏ

Prix net : 5 fr.

G. RICORDI & Cie
MILAN

SOCIÉTÉ ANONYME DES ÉDITIONS RICORDI
PARIS - 18, RUE DE LA PÉPINIÈRE

La Femme

et le Pantin

(CONCHITA)

OPÉRA EN QUATRE ACTES ET SIX TABLEAUX

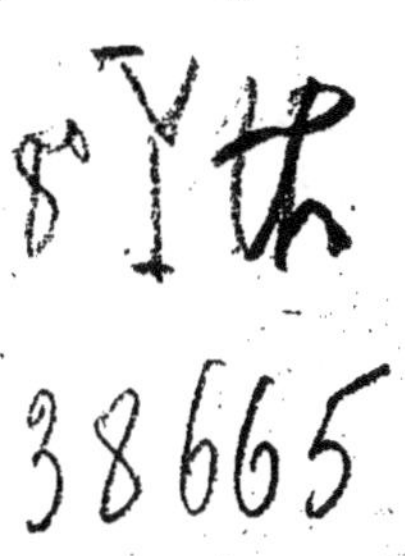

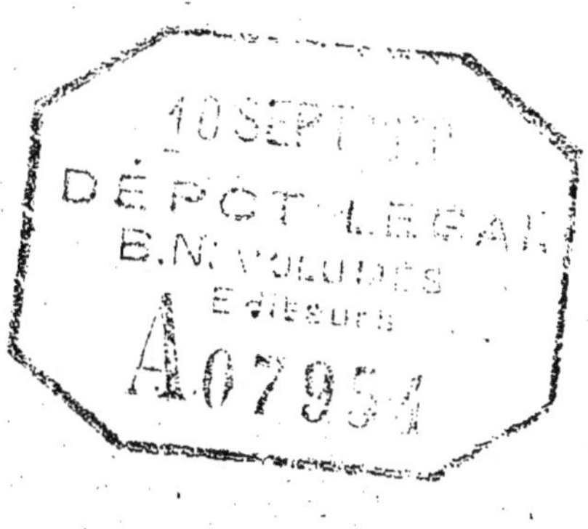

La Femme
et le Pantin

(CONCHITA)

OPÉRA EN QUATRE ACTES ET SIX TABLEAUX

Tiré de « *La Femme et le Pantin* »

DE

PIERRE LOUŸS

PAR

MAURICE VAUCAIRE

MUSIQUE DE

RICCARDO ZANDONAÏ

THÉATRE NATIONAL DE L'OPÉRA-COMIQUE
(Direction de MM. MASSON et RICOU)

Prix net : 5 fr.

G. RICORDI & Cie

Éditeurs

MILAN — ROME — NAPLES — PALERME — LONDRES
LEIPZIG — NEW-YORK — BUENOS-AYRES — SAO PAULO

SOCIÉTÉ ANONYME DES EDITIONS RICORDI
PARIS — 18, rue de la Pépinière, 18 — PARIS

PERSONNAGES

CONCHITA . . . . *Soprano*
LA MÈRE DE CONCHITA . . . *Mezzo-soprano*
DOLORÈS . . . . *Soprano*
ESTELLA . . . . *Soprano*
RUFINA . . . . *Mezzo-soprano*
ENRICHETTA . . . . *Mezzo-soprano*
UNE MÈRE . . . . *Mezzo-soprano*
UNE JEUNE FILLE . . . . *Soprano*
UNE FEMME . . . . *Soprano*
LA SURVEILLANTE . . . . . . *Mezzo-soprano*

MATEO . . . . *Ténor*
GARCIA, patron du bal . . . . . *Basse*
TONIO, garçon de café . . . . . *Basse*
LE SERENO . . . . *Basse*
UN JEUNE HOMME . . . . *Ténor*
UNE VOIX . . . . *Ténor*
DEUX ANGLAIS . . . . *Baryton*
UN GUIDE . . . . *Ténor*
UN BANDERILLERO . . . . . . *Baryton*
L'INSPECTEUR . . . . *Basse*
UN MARCHAND DE FRUITS . . *Ténor*
PREMIER SPECTATEUR . . . . *Ténor*
DEUXIÈME SPECTATEUR . . . *Ténor*
TROISIÈME SPECTATEUR . . . *Baryton*

Une Fillette, Un Visiteur, Une Dame, Cigarières,
Spectateurs, Femmes, Morenito, Gallega,
Un Danseur, Garçons de Café, Guitaristes,
Citadins, Voix lointaines.

La Femme et le Pantin
(CONCHITA)

ACTE PREMIER

Premier Tableau

"LA FABRICA"

Une salle de travail à la "Fabrica" de Séville, par une accablante journée d'août. Grande pièce voûtée d'un ancien couvent. Une madone nichée dans un pilastre à gauche. La fenêtre du fond donne sur la rue San-Fernando Des jupes, des châles, des mouchoirs, des écharpes sont accrochés tout autour de la salle. Trois ou quatre rangées de "cigarreras" travaillent, groupées par quatre, autour de petites tables ; presque toutes sont débraillées, mi-nues : des vieilles, des jeunes. Chacune, sans exception, a une fleur écarlate dans les cheveux. Un nourrisson dans un berceau que sa mère balance du pied tout en manipulant des cigares. Une fillette va d'une table à l'autre pour aider les cigarières dans leur travail. Au lever du rideau, bavardage assourdissant mêlé d'éclats de rire.

SCÈNE PREMIÈRE

CONCHITA, DOLORÈS, RUFINA, ESTELLA,
UNE MÈRE, LA SURVEILLANTE ET AUTRES CIGARIÈRES.

LA SURVEILLANTE, crié.

Tas de perruches
Rentrez vos langues!

LES CIGARIÈRES, riant.

Ah! ah! ah!

CONCHITA

Perruches !

LES CIGARIÈRES

Ah ! ah !

LA SURVEILLANTE

Oui, femelles des perroquets.

TOUTES, riant.

Ah ! ah ! ah ! ah ! ah !

LA SURVEILLANTE, à Conchita.

Deux centimes d'amende.

CONCHITA.

Ah ! ce tabac
Est bien trop sec !

TOUTES, à la surveillante, toussant.

Il est en poudre :
Ça vous étrangle,
Quelle poussière !

CONCHITA

Tabac infâme !

TOUTES

Métier infâme !

(Le bavardage se calme peu à peu.)

RUFINA, à Dolorès, ironiquement.

Dis donc ? Et ton amant ?

DOLORÈS

Tu m'embêtes ?

RUFINA, méprisante.

Peuh !

DOLORÈS

T'ai-je parlé
De Fernando ?

RUFINA

Fini.
Là ! c'est fini. Hier, un chulo
Me fit souper de raisin sec,
De fromage de Murviedro
Et de vin sucré.

DOLORÈS

Bah ! Il t'a grisée ?

TOUTES, riant.

Ah ! ah ! ah !

RUFINA

A mon réveil, pftt !
Il était loin…
                    Dommage !
Car j'allais en être folle…..

                              (Elle rêve.)

(Conchita va montrer à la Surveillante un petit bout de
bois qu'elle a trouvé dans sa provision de tabac.)

CONCHITA

Tenez ! un copeau…

LA SURVEILLANTE

Va ! feignante !

CONCHITA

(Elle court vers la place où Rufina travaille.)

Là! Une banderille!

(Elle plonge le morceau de bois dans le corsage de
Rufina qui pousse un cri et rit.)

RUFINA, criant.

Ah!

LA SURVEILLANTE

Silence!

(Conchita se rasseoit, tire une glace et une houpette de
son mouchoir. Elle se poudre.)

ESTELLA

A la corrida, viens dimanche...

DOLORÈS

Au théâtre : je le préfère.

RUFINA, s'approche de la femme qui balance le berceau
de son petit.

Veux-tu que je berce ton querido?

LA MÈRE

Certes : je suis lasse. Berce !

LA FILLETTE, criant de la fenêtre au fond de la rue.

Lolita ! Lolita !

(La fillette sort par la porte du fond.)

RUFINA, berçant le petit.

Compte-les par douzaines
Ceux qui furent tes pères ;
Ils n'ont pas perdu leur peine,
Mon beau p'tit ange.

(Toutes rient.)

LA MÈRE, donnant une gifle à Rufina.

Canaille !

RUFINA, tranquillement.

Laissez dire.

LA SURVEILLANTE

Chut! Chut!

RUFINA, continuant à bercer.

Buenas noches, mon chiquito,
Fais de beaux songes, mignon céleste.

(A la fillette qui rentre avec un panier rempli d'œillets)

Hé ! Ici !

DOLORÈS, à la fillette.

Hé ! Ici !

LA MÈRE

Viens là !

TOUTES, criant.

Dis donc.

Viens là !

DOLORÈS

Protège, ô Vierge,
Tous ceux qui s'aiment !
Sanctissima,
Ris de mes joies ;
Et quand je pleure,
Pleure avec moi !

(Elle baise l'ongle de son pouce après avoir fait le signe
de la croix et regagne son banc. Elle tire de son
sein une lettre qu'elle lit attentivement. Rufina, qu
a vu le geste de Dolorès, retourne à sa place.)

UN GROUPE, à la Surveillante.

Dieu ! on étouffe,
Que l'on arrose !

(Elles toussent.)

LA SURVEILLANTE

Estella !

(Estella se lève et prend un alcaraza. Elle arrose en
circulant partout.)

ESTELLA, tout en arrosant elle singe le geste
des "Alguadores".

De l'eau, de l'eau fraîche,
Comme la neige !

TOUTES, faisant à nouveau le geste des "Alguadores".

De l'eau fraîche ! Ohé !
A la fraise, aux amandes !
Au citron glacé ! Ohé !
A l'orange ! Ohé !

RUFINA, de son banc, à toutes les
autres en leur faisant signe de ne
pas troubler la lecture de Dolorès.

Chut ! Regarde !
Elle allonge la pupille
Autant qu'une amoureuse mule...
C'est une lettre d'amant...

(Elle va vite au banc et dérobe
la lettre. Toutes rient fort.)

DOLORÈS
(Elle lit.)

«Dolorès, je t'aime !
Si tu me trompes,
Je t'étranglerai ! »

DOLORÈS

Voleuse ! Ah ! la voleuse !

RUFINA, lisant la lettre avec ses compagnes ;
avec emphase exagérée.

« Dolorès, je t'aime !
Si tu me trompes,
Je t'étranglerai ! »

(Dolorès reprend la lettre, la baise, la relit à part.)

ESTELLA, avec un mauvais rire.

C'est lui qui ment,
Ou elle invente ?

DOLORÈS, riant et rageant.

Tu voudrais bien
En avoir de semblables !

ESTELLA

Comme elle rage !
Tu n'as donc pas vu
Celui qui m'aime ?

CONCHITA, qui s'est levée, agaçant ses compagnes.

Ksss ! Ksss !

RUFINA

Je l'ai bien vu !
Un oiseau rare !

DOLORÈS

Elle le paie...

ESTELLA

Jamais assez cher, non...

TOUTES

Ah ! ah ! ah ! Bueno !

LA SURVEILLANTE
> Hâbleuse!

CONCHITA
> Ksss! Ksss!

DOLORÈS, se lève.
> Je suffis
> A mon amant qui m'aime!
> Et quand je l'enlace,
> Ses beaux yeux se pâment,
> Il est bien payé!

TOUTES, riant exagérément.
> Anda! Olè!

LA SURVEILLANTE, à Conchita et Rufina.
> Au hasard, j'en vais mettre
> Deux à la porte!
>> (On fait silence.)

CONCHITA
> Sont-elles bêtes
> Avec leurs hommes!

DOLORÈS, de sa place, sans tourner la tête.
> Dans une même poche,
> Couteau point ne coupant
> Pierre sans étincelle,
> Femme sans amant!

(La Surveillante, après avoir inspecté divers bancs, sort par le fond à droite.)

RUFINA
> David est né pour être roi
> Et Salomon pour être sage;
> Bel ami cruel et volage,
> Je suis née pour n'adorer que toi!

CONCHITA, qui s'est approchée, saute sur le banc
entre Dolorès et Rufina.

Trois caballeros m'ont suivie
De la Fabrica à Triana,
Disant ensemble : « Tu es jolie! »
J'ai répondu : « Je sais bien. »
Bas à l'oreille, à l'un des trois, j'ai dit :
« Ta bouche est une rose vermeille!
Prends ce havane, regarde. une merveille!
Pour mon amant, pour lui, je l'ai volé. »

(Conchita descend du banc et va s'appuyer à la première
colonne, sur le devant.)

Dès yeux très tendres ceux du deuxième :
Droit dans ses yeux clairs j'ai mis mes yeux
Et sur mes mains qu'il osa prendre,
Il mit de force deux longs baisers!

(Revient au banc, entre Dolorès et Rufina.)

Mais agacée je me détourne
Et ris très fort au nez du troisième :
Il pousse alors un cri de rage :
L'aveugle! C'est lui que j'aime!

(Jette l'éventail et pose la main sur son cœur.)

TOUTES

Elle est à boire
Dans un verre!
Vive Conchita!

SCÈNE II

LES MÊMES, MATEO, L'INSPECTEUR,
UN VISITEUR, UNE DAME.

LA SURVEILLANTE, qui est revenue.
Conchita Perez,
Si tu lèves la tête, une amende !

(Conchita ramasse son éventail et retourne à son travail.)

TOUTES, à mi-voix, riant.
Ah ! ah ! ah !

L'INSPECTEUR, entre avec Mateo, un Monsieur et une Dame.

(Aux visiteurs.)
C'est un vieux monastère...

(Aux cigarières.)
Haut les chemises !

TOUTES, avec un cri.
On brûle !

L'INSPECTEUR, expliquant aux visiteurs la fabrication
des cigares.
Chacune
A ses deux livres de tabac.

(Mateo s'est détaché du groupe et offre des bonbons
aux ouvrières.)

DOLORÈS, à Mateo, en suçant un bonbon.
Mille grâces !

ESTELLA, en prenant un bonbon.

Tu me plais, sans rire !

RUFINA, à mi-voix.

Tout ce que tu voudras !

(La Surveillante, en voyant Mateo se mêler aux cigarières, le fait remarquer à l'Inspecteur.)

L'INSPECTEUR, avec déférence.

Chut ! Un parent du gouverneur...

DOLORÈS, montrant la dame à Mateo.

C'est ta femme ?

TOUTES

Dommage !
Il est beau...

RUFINA

Il n'a qu'à souffler la chandelle !

TOUTES, riant.

Ah ! ah ! ah ! ah ! ah !

QUELQUES VIEILLES, à Mateo.

Regarde aussi les vieilles...

DOLORÈS

Il n'aime pas la croûte...

TOUTES LES VIEILLES, offensées, criant.

T'auras ton tour, va !

(Mateo donne une pièce à une vieille. Conchita a aperçu
son acte et furtivement murmure.)

CONCHITA

Qui m'offre un petit sou
Pour une *Soledad?*
Et un *real*
Pour une seguidille?

(Puis elle le regarde, joyeusement étonnée.)

Don Mateo !

MATEO

Toi, Conchita !
Tu sais encore mon nom ?

CONCHITA

Certes. Et vous, toujours le mien ?

MATEO, avec grande tendresse.

Je vois encore tes grands yeux
Suppliants levés sur moi,
Pauvre enfant ! C'est loin déjà,
Conchita !

CONCHITA

Huit mois à peine.....

MATEO

Une mantille et quelques mêches noires....
Oui, tu fus souvent dans ma pensée.....

L'INSPECTEUR, à Mateo.

Monsieur.....

Voilà.

(A Conchita.)

Adieu. Je reviendrai par ici.

(Il sort avec l'Inspecteur et les visiteurs).

SCÈNE III

Les Mêmes, *moins* l'Inspecteur, MATEO
et les Visiteurs

(Aussitôt la sortie de Mateo, toutes les cigarières se
lèvent, jasant et entourant Conchita).

TOUTES, à Conchita.

Qui donc est-ce ?

CONCHITA

Un ami !

(Conchita s'assied, toutes les cigarières l'entourent, quelques-
unes assises par terre, d'autres debout.) — (Racontant.)

L'année dernière
A la fin de décembre
Je rentrais d'Avila
A Seville :
Je quittais le couvent
Retournant chez ma mère.
La neige tombait, blanche,
Du vrai sucre en poudre
Sur un gâteau de miel.
Le train s'arrête, une avalanche
Barre la route :
Nous traversions la
Sierra de Guardarrama.
Tous descendent :
Moi et mes deux religieuses,
Des étudiants et des marins,
Un gendarme,
De beaux messieurs, des dames

Joyeuse caravane
Puis une vieille gitane.
On parle, on boit, on mange,
Et la gitane danse ;
Pendant que la vieille
Danse *son flamenco*,
Je chante, chante qu'elle
Est plus noire et sèche
Qu'une vieille figue,
Qu'un pruneau du diable,
Je lui dis
Qu'elle ferait loucher
A coup sûr, même un aveugle !
Elle rage,
Elle se jette sur moi !
Mais moi j'ai du courage...
Je suis femme !

(Frappe des mains sur ses seins.)

Je la griffe, la déchire !
Alors une femme nous sépare,
Mais l'idiot de gendarme
Lève sa lourde patte.
Sa patte plombée ! Brrr !

(Avec effroi.)

Je la vois tomber sur ma tête.

(Lestement et énergiquement se levant.)

Un señor s'interpose,
Son poing l'arrête : Cristo !
Je l'aurais embrassé...

(simplement.)

Devinez quel était mon sauveur ?

(montrant Mateo.)

Ce caballero.

SCÈNE IV

LES MÊMES, MATEO *qui rentre seul*.

TOUTES

Ça c'est bien !

RUFINA

Quel admirable
Exemple !
De défendre
Une femme pour rien !
Voyez, le beau señor
Attend sa récompense !

TOUTES

Elle en a de la chance !

MATEO, à Conchita, bas.

Quand pourra-t-on te revoir ?

CONCHITA, à Mateo.

Mais tous les soirs je m'en vais
juste à sept heures.

MATEO

Et ton couvent ? Y penses-tu ?

CONCHITA

Non certes, qui donc y pense ?
Vieille histoire… Mais maman
prie pour moi le bon Dieu
et les Saints.

MATEO

Que gagnes-tu ?

CONCHITA

Peuh ! Une vraie misère
Pour mille cigares !
Qu'importe ?

(Mateo donne un napoléon à Conchita et sort par le fond.)

CONCHITA

Dieu ! Un napoléon !

SCÈNE V

LES MÊMES, *moins* MATEO

(Conchita prend la pièce délicatement entre ses doigts
et la tient en l'air, en face de ses compagnes.)

CONCHITA

J'ai vacance pour quatre semaines!

(Il se produit alors un grand mouvement de curiosité
dans la salle; toutes viennent considérer le napoléon.

LA MÈRE, suppliante, à Conchita.

Mon lit est en gage!

(Dolorès s'agenouille près de Conchita.)

DOLORÈS

Dis, partage, sois gentille!

(Elle se redresse et tente de lui voler l'argent. Conchita
se sauve à travers la salle. — Conchita décroche
précipitamment son châle et disparaît en envoyant
un baiser à la Madone.)

TOUTES

Voleuse! Pouilleuse!

(Rufina et Dolorès agitées, affolées, vont à la fenêtre.)

RUFINA

Raccrocheuse!
Oh, l'effrontée!
Vois, il la prend par la taille!
Oh, sans vergogne!

RIDEAU

Deuxième Tableau

INTERMÈDE DE LA RUE

UN MARCHAND DE FRUITS, voix très lointaine.

Oranges!... Bananes et des plus belles!

MATEO

Tu vas souvent à la " Fabrica " ?

CONCHITA

Oui,
A moins qu'il pleuve ou que je dorme,
Quand je m'ennuie.

UN MARCHAND DE FRUITS, au loin.

Mandarines!
Bananes et des plus belles!

CONCHITA

Des oranges!

MATEO

J'en achète?

CONCHITA

Oui! Oui!

MATEO

Est-ce loin ta demeure?

CONCHITA

Non, au bout de la rue.

MATEO

Ta rencontre, Conchita,
Est une page exquise, nouvelle dans ma vie!

CONCHITA

Mateo, je serai franche et sincère :
Votre image m'était toujours présente
Comme un souvenir charmant.
L'escalier. Entrez. C'est ici.

(Mateo la suit et le rideau se lève sur le troisième
tableau.)

Troisième Tableau

LE LOGEMENT DE CONCHITA PEREZ

Une porte à gauche donnant sur la cuisine. La porte d'entrée est au fond. Une fenêtre donnant sur un petit balcon, à droite, au deuxième plan.

SCÈNE PREMIÈRE

LA MÈRE DE CONCHITA, assise dans un large fauteuil, égrène son chapelet.

Ave, Maria, gratia plena, dominus tecum, benedicta...

SCÈNE II

(Conchita entre joyeusement. Elle tient sous son bras une boîte de fruits confits.)

LA MÈRE, à Conchita, étonnée de la voir rentrer sitôt.

Déjà rentrée? Pourquoi?

CONCHITA

Des fruits confits pour toi :
Toute une boîte ;
Es-tu contente?
Gourmande !

(Lui montrant le napoléon.)
Mais ça
C'est pour Conchita!

LA MÈRE

Qui te l'a donné?

CONCHITA

Un ami, devine?
L'homme aimable
Qui contre ce gendarme
Prit ma défense!
Peut-il entrer?

LA MÈRE

Certes, oui.

(Conchita va ouvrir, on aperçoit Mateo qui n'ose faire un pas.)

SCÈNE III

LES MÊMES, MATEO

LA MÈRE, à Mateo.
Conchita me disait....

MATEO, s'avance, gêné, souriant.
Pardon...C'est votre fille
Qui....

(Se présentant.
Don Mateo de Diaz.

CONCHITA

Il visitait la " Fabrica " :
Je lui ai fait pitié
Car notre paie est maigre, ·
Maigre...

MATEO

Oui, c'est révoltant.

(Il s'assied. La mère ouvre la boîte aux fruits et lui
en offre.)

LA MÈRE

Je vous prie...

MATEO, en acceptant.

Merci.

(Conchita, gamine, prend un fruit dans la boîte et
l'offre à Mateo)

CONCHITA

Toujours ma mère
Qui vous offre.

LA MÈRE, pleurnichant en mangeant.

Ah! Monsieur! Monsieur!
Nous devrions être riches.

CONCHITA, l'interrompant.

Mère!

(Va vers une glace, s'arrange les cheveux et se poudre.)

LA MÈRE

Nous en aurions
De l'or et des chevaux,
De perles, si nous avions

Pris la route
Qui conduit au vice...
Mais le péché n'a jamais
Passé la nuit chez nous !

CONCHITA, furieuse.

Ah ! tu m'agaces !

LA MÈRE, en continuant.

Comme le doigt levé
De tous les Apôtres,
Notre âme est droite...
Mon cher mari, son père,
Est mort à Huelva
Depuis dix années ;
Un ingénieur.
Aussi, je ne sais rien faire
Que mon pauvre ménage
Et que prier la Vierge.
On m'a offert une place
De chaisière à l'église.

CONCHITA, rit.

Qu'elle est drôle !

LA MÈRE

J'ai répondu que j'aimais
Mieux embrasser les dalles d'une église
Que de les balayer !

CONCHITA, câlinant sa mère, joyeuse.

Tais-toi donc !

LA MÈRE

Bah! La misère!

(Coup d'œil pitoyable aux murs.)

(Mateo tire un billet de banque de sa poche et le glisse
à la mère. Conchita, qui va au petit balcon, ne voit
pas le geste de Mateo.)

Regardez-la,
Rien ne la touche, rien ne l'intéresse,
Je suis bien malheureuse!

MATEO, la consolant.

Conchita est la joie de votre vie.

LA MÈRE, fixant les yeux sur Conchita, s'approche d'elle
avec un air très satisfait.

Elle est délicieuse...

CONCHITA, remettant le napoléon à sa mère.

Sois gentille, maman!

(Rapidement.)

Va chercher des biscuits, du Manzanilla,
Là, chez Benito...

LA MÈRE, bas à Conchita.

Brave homme! Il te plaît!

CONCHITA, sèchement et bref.

Non!

LA MÈRE, estomaquée.

Ah!

(A Mateo, en lui souriant.)

A bientôt.

(Elle sort.)

SCÈNE IV

CONCHITA *et* MATÉO

CONCHITA

Je ne suis pas quitte avec vous !

MATEO

Pourquoi ?

CONCHITA (riant.)

Pourquoi ?
(Avec grâce et coquetterie.)
Je demandais un sou
Pour une soledad ?
Mais... vous me donnez un napoléon
Je vous dois une chanson !

MATEO

Plus tard...

CONCHITA

Pour vous punir...
c'est vous qui chanterez...

MATEO

Ça, non !

CONCHITA

Je soufflerai.
« Je crois que quelqu'un écoute ? »
(A Mateo.)
Allons ! répétez donc !
(Il obéit en souriant.)

MATEO

« Ecoute ? »

CONCHITA

« Non… »

(A l'oreille de Mateo.)

« Que je te dise ! » Allez,
Voyons !

MATEO

« Te dise ! »

CONCHITA

« Oui. »

(Fixant Mateo.)

« N'as-tu pas un amant ? »

MATEO, la regardant fixement.

« N'as-tu pas un amant ? »

CONCHITA, dans les yeux de Mateo.

« Non. »

(A l'oreille de Mateo.

« Veux-tu me prendre ? »

MATEO, la regardant et le redisant.

« Veux-tu me prendre ? »

CONCHITA

« Oui. »

Mais les réponses…

(Elle corrige vivement son dire et se dérobe à Mateo.)

…ne sont que dans la chanson !

MATEO

Vraiment ?

CONCHITA

Oui !

MATEO

Et toi
Ne peux-tu pas me répondre ?

CONCHITA

Faut qu'on devine...

MATEO

As-tu quelqu'un, dis ?

CONCHITA

Non !

MATEO

Vrai, personne ?

CONCHITA

Assez !

MATEO

Oh !
Es-tu folle !

CONCHITA

Je suis pure
Comme le bon Dieu m'a faite !

SCÈNE V

LES MÊMES, LA MÈRE

LA MÈRE, entre et dépose sur une table la bouteille et les biscuits.

On l'a prise à la cave...

CONCHITA, montrant à sa mère la porte de la cuisine, presque parlé et à voix basse.

Laisse-nous ! Aie confiance !

(La mère disparaît dans la cuisine.)

SCÈNE VI

CONCHITA *et* MATEO

MATEO

Adorable ! J'ai compris...

CONCHITA, le regardant.

Compris ? quoi donc ?
(Mateo la serre dans ses bras mais elle se dégage vivement.)
Je vous chasse !

MATEO

Oh !

(Il se laisse tomber dans le fauteuil de la mère. Conchita saute sur ses genoux et l'embrasse.)

MATEO

Mais ta bouche est brûlante !

CONCHITA, lui posant la main sur la bouche et le repoussant
doucement dès qu'il veut lui rendre son baiser.

Taisez-vous !

MATEO, perdant la tête.

Comme un breuvage enchanté,
Ton chaud baiser m'affole !
Je sens poser sur moi
La grisante chaleur
De ton corps, ô Conchita !

CONCHITA, à Mateo qui veut l'embrasser encore.

Non, laisse-moi !

MATEO

Tu es folle !

CONCHITA

Ne me touchez pas, ou j'appelle !
(Conchita prend deux verres qu'elle remplit ; elle en
offre un à Mateo. Ils boivent… puis posant leurs
verres, ils s'assoient.)
Oui, je suis sage.

MATEO

Pour qui te gardes-tu ?

CONCHITA

Dieu seul sait mon destin…

MATEO

Tu aimes quelqu'un ?

CONCHITA

Non, personne !

MATEO

Aime-moi?

Qui sait ?

(Rêveuse.)

Pour vous je ne suis
Qu'une aventure...

MATEO

Non, tu n'es pas, toi,
Comme les autres femmes,
Aussi je voudrais être,
Conchita, ton seul
Et ton premier amant,
Ton amant pour la vie !

CONCHITA

Je n'en crois rien !

MATEO

Tu verras bien...

CONCHITA, battant des mains comme un enfant.

Oh !
Comme je suis contente !

MATEO à mi-voix.

Alors, dis ?

(Mateo va pour l'embrasser, elle approche son visage
puis tourne brusquement la tête et se lève.)

CONCHITA

Alors,
Ce que vous voulez,
C'est précisément
Ce qu'on vous refuse...

(Conchita va s'asseoir dans le fauteuil ; Mateo la suit.)

MATEO

Va!... Va, tu n'es qu'une bizarre
Enfant par hasard rencontrée
Un jour, qui s'offre et se refuse
Et s'amuse
Sitôt qu'on l'aime et qu'elle le sait.
La fleur de ton baiser, tu la donnes,
Mais c'est pour mieux me la refuser,
Quand, par perversité de femme,
Concha, tu t'abandonneras.

CONCHITA

Tu mens! Demain j'irai chez toi.

(Ironiquement.)

Vas-tu m'adorer longtemps?

MATEO

Sois-en sûre...

CONCHITA, tristement.

Quand je serai laide,
Quand je serai vieille,
Que tu ne me voudras plus...
Même si tu dois me mentir,
Dis-moi que tu m'aimeras toujours...

MATEO

Toujours!

CONCHITA

Jure-le, jure...

(Conchita se lève, entr'ouvre son corsage et lui fait
baiser son scapulaire.)

Et là...

(Elle offre longuement ses lèvres.)

Tu sais, tu t'engages par ce serment
Et par ce baiser!...

MATEO

Ah! Conchita!
Si tu te moques,
Ce sera terrible!
Car toi tu t'es aussi
Livrée par ce baiser
Qui me donne tous les droits sur toi.

CONCHITA, avec fermeté.

Oui, tous les droits, tous,
Je te les donne.

MATEO

Si jamais si tu l'oublies,
Je te le rappellerai...

CONCHITA

Oui, oui, Mateo!
Demain, mon amour,
Je serai ta maîtresse...

MATEO

Oui, devant ta maison,
En bas, je t'attendrai.

CONCHITA

Oui, demain soir, mon amant!

(Baiser.)

Va-t'en, dis bonsoir à maman...

(La rappelant.)

Mère!

SCÈNE VII

LA MÈRE *entre;* CONCHITA, *placée devant la glace, se met gracieusement de la poudre de riz, sans s'occuper de la scène qui se déroule.*

MATEO, à la mère.

Nous nous verrons
Souvent...

LA MÈRE

Merci! j'y compte...

MATEO, à la mère en lui montrant Conchita.

Déjà je l'aime à la folie!
Acceptez, je vous prie...

(Il lui remet une liasse de billets de banque qu'il vient de prendre dans la poche intérieure de son habit, avec un geste de délicatesse empressée. Sur le visage de la mère se dessine un air de joie dévote et reconnaissante ; elle lui serre les mains silencieusement et, d'un geste avide, cache l'argent dans sa poitrine. Conchita, qui a fini de s'habiller, se retourne ; Mateo va vers elle, l'enserrant légèrement à la taille ; la mère retourne à la cuisine avec le plateau. Conchita, se voyant inobservée, donne un nouveau baiser à Mateo ; ils s'acheminent vers la porte.)

MATEO

A demain, Conchita...

CONCHITA

A demain, oui, mon amour!
(Mateo sort.)

SCÈNE VIII

Aussitôt le départ de MATEO, LA MÈRE *rentre et, s'approchant de* CONCHITA, *lui fait des cajoleries.*

Enfin! On a la chance!
Tu tiens là un brave homme!
Une fortune!
Regarde!

(La mère sort les billets de sa poitrine et les lui montre
d'une main tremblante d'avidité ; Conchita a un
soubresaut de rage et d'horreur.)

CONCHITA, éclatant de colère.

Quoi, de l'argent?
Et tu l'as accepté, toi? Stupide!
Ah! non, mon amour n'est pas à vendre!

(Avec amertume.)

Est-ce qu'on achète Conchita!
Canaille! Canaille!
Je ne le verrai plus. Jamais! Jamais!

(Se souvenant.)

Mais il revient demain...

(Résolue.)

Il faut que je parte!
Que je fuie! Filons!

LA MÈRE, épouvantée.

Comment vivre, Concha?
Pour rien une pareille aubaine.
Tu es folle! Que faire?

CONCHITA

De tout! Mais ne plus le voir...

LA MÈRE, frissonnant.

C'est la misère!

(Conchita ramasse nerveusement par terre les billets,
les froisse, les déchire et les jette avec mépris sur
la table.)

CONCHITA

Il faut qu'on lui rende
Le reste et partir!
La misère, je n'ai pas peur d'elle,
Car je sais tout faire!
Je chante, je danse...
S'il le faut, je vole,
Mais lui jamais!

(La mère l'observe comme à travers un songe. Conchita
ramasse quelques vêtements épars çà et là, ouvre
les tiroirs et les vide; elle place un châle par terre
et se penche pour faire le paquet, mettant première-
ment les peignes, la poudre de riz, un miroir, des
petits flacons d'odeur; la mère, saisie d'un supers-
titieux effroi, égrène son chapelet.)

LA MÈRE

Ave Maria,
Gratia plena,
Dominus tecum...

CONCHITA, le poing tendu vers la porte.

Le lâche! Le lâche!

RIDEAU

ACTE II

Quatrième Tableau

LE "BAILE"

Une petite salle enfumée. Au plafond, des lampions et des bandes d'étoffes flottantes. Des tables étroites, des chaises de paille, des bancs. Sur le mur du fond, des affiches illustrées de Corridas, des portraits de Toréros célèbres. A gauche de la salle, deux petites loges. Au fond, au milieu, une fenêtre basse donnant sur la rue. A l'entrée, à gauche, le comptoir. A droite, une porte. L'estrade du théâtre est surélevée de trois marches.

SCÈNE PREMIÈRE

(Au lever du rideau, Conchita est en scène et danse seule. Morenito et les autres guitaristes l'accompagnent. Le café est plein de monde et l'enthousiasme est à son comble.)

TOUS

Anda ! Anda ! Olé !

(Conchita a fini de danser. Chapeaux et fleurs volent sur la scène.)

TOUS

Olé ! Guapa ! Olé ! Chiquilla !

Encore! Encore! Olé!
Brava! Brava!

(Conchita descend et se promène de table en table.)

PREMIER SPECTATEUR, à Conchita.

Cette nuit, sois ma compagne,
Belle Concha!

(Conchita s'éloigne du premier spectateur, va à une
autre table, s'assied et se faire servir à boire.)

TOUS

Quelle merveille!
C'est de Séville
Le vrai trésor!
A Toledo, c'est sûr,
On la paierait dix fois
Son pesant d'or.

PREMIER SPECTATEUR

Je reviendrai demain!

DEUXIÈME SPECTATEUR

Et moi donc...

TROISIÈME SPECTATEUR

Et que t'en semble,
Dis-moi, Lorenzo?

PREMIER SPECTATEUR

Heureux le beau châle
Qui lui colle à l'épaule!

(La Gallega et un danseur s'apprêtent à danser la Jota.
Mateo entre. Conchita a un soubresaut et s'assied à
une table sur le devant de la scène.)

LE PUBLIC

Avant de te coucher,
    Fill' de feu,
Tiens-moi par un
        [cheveu,
Dans un coin de ta
        [chambre,
Si tu fis ce doux vœu
De n'aimer sur terre
        [que Dieu,
Fille aux seins en-
        [flammés !
    (*Bis.*)

CONCHITA, à un bande-
    rillero, en mettant
    dans ses cheveux une
    fleur rouge qu'il lui
    donne.

Merci !

    (Tirant la tresse du
        banderillero.)

    Deviens espada,
Je t'aimerai !

    (Au jeune homme.)

Non, n'en écoute
        [aucune.

    (Fait la révérence aux
        Anglais.)

PREMIER SPECTATEUR,
    à Conchita.

Ah ! fais-moi coudre
au bas de ta jupe !

CONCHITA

Ah ! ma jupe, je l'ac-
croche à la mu-
raille ou je la jette
à terre !

    (Un spectateur baise
        le bas de sa jupe.)
    (Conchita frappe des
        mains et appelle le
        garçon, s'asseoit à
        la table de Mateo
        vis-à-vis de lui, et
        sans la moindre
        surprise.)

BANDERILLERO,
à une femme qui se
trouve auprès de lui.

Sois pas jalouse !

LA FEMME

T'es bête !

LE PUBLIC

Tout près de ton lit,
  Je t'attendrai.
Oui, veux tu que je
  [reste.
Et la nuit tout entière
J'aurai ce courage.
Si pourtant, ô ma
  [belle,
Je devenais fou de
  [rage,
Attends-toi donc à
  [tout !

CONCHITA

Tonio, un café !

MATEO

Enfin, je devais te
  [retrouver là,
Depuis six mois en-
  [tiers, hélas,
Que je te cherche
  [en vain.
Du jour où tu me fis
  [attendre
Devant ta porte,
Hurlant de rage,
  [comme un fou !
Je t'ai cherchée par-
  [tout,
Partout demandée,
Mais nul ne t'avait
  [vue
Tu as quitté Séville ?

UN SPECTATEUR,
à Conchita, d'un ton moqueur.

Lâche ce rabat-
  [joie.

UN AUTRE SPECTATEUR

Une scène de mé-
  [nage !

CONCHITA

Oui, je fus à Cadix
Et me voilà.

MATEO

Que fais-tu ici, malheureuse ?

CONCHITA

Voyez : je danse !

(La Jota est finie.)
(Bruyants applaudissements. Tout le
  public s'est levé.)

MATEO

Concha,
Tu n'as donc jamais eu peur
De rien !

CONCHITA

Non !

MATEO

Tu n'as donc pas
Peur de la mort ?

CONCHITA

Non.
Etes-vous celui-là
Qui pourrait me tuer ?

MATEO

Tu m'en défies ?

CONCHITA

Pas un cheveu, non,
Vous ne m'arracherez !
Vous devriez le faire,
Car je ne vous aime plus.

MATEO

Infâme ! Peux-tu dire
Encor que tu m'aimas !

LE PUBLIC

Bueno ! Bueno !
Encore ! Encore ! Olé !
(La Gallega et le danseur re-
prennent la Jota.)

UN SPECTATEUR, crié à la Gallega.

Eh ! ne regarde donc pas tes
[pieds !
(La Gallega lui fait une grimace.)

LE PUBLIC

Vraiment, si tu te refuses,
J'irai, le cœur gros,
Sur la terre étrangère.
A moi les voyages,
Puis à Séville un beau jour,
Suivi de cent maîtresses,
J'oserai revenir !

CONCHITA

Croyez ce qu'il vous plaît !
D'ailleurs c'est votre faute.

MATEO

C'est juste ! Ta comédie
Tu devais enfin la jouer, co-
[quine !
Quand je te vois sur cette
[pente !

BANDERILLERO montrant au patron les vieilles affiches qui sont aux murs.

Change donc les affiches,
Depuis un an ces taureaux sont
[mangés !

UNE FEMME

Conduis-moi au théâtre
Del Duque... J'ai un faible
Pour Orejon !

SPECTATEUR

Mais ton amant ?

LE PUBLIC

Tu verras des Fran-
[çaises,
De blondes Anglai
[ses,
Pour consoler mon
[âme
Trop mise à l'épreuve.
Enfin, en ta pré-
[sence,
Et pour que tu pleu-
[res
Je les câlinerai !

MATEO

Et tous ces hommes
A qui tu t'offres !
Va ! tu n'es pas
Trop difficile !

CONCHITA, se levant furieuse.

Non, sur mon père,
Je suis mozita !
(Elle disparait dans le public et va rejoindre Morenito qui pince de la guitare sur l'estrade ; elle lui met aux lèvres une cigarette qu'elle a prise à un spectateur.)

(A Morenito)

A toi, mon âme !
(Elle retourne au fond du « baile » devant les loges.)

UNE FEMME

Je l'aime quand
[même.

SPECTATEUR

Elle a, la belle,
Un cœur par ma-
[melle !

PREMIER SPECTATEUR fredonnant avec intention vers Mateo.

Oui, les peines,
Les douleurs amou-
[reuses
Sont comme les
[dents creuses !

CONCHITA

Tiens, Morenito !

(Elle lui lance un cigare que
lui a donné un Anglais.
Morenito envoie un baiser
à Conchita, ramasse le cigare et l'allume.)

MATEO

C'est trop ! C'est trop !

Au moment où Conchita va
monter sur l'estrade, Ma-
teo l'arrête, décidé.)

Ce soir je dois te parler !

CONCHITA, ennuyée.

J'ai maman... On retourne
[ensemble...
Et d'abord. Je n'y tiens pas !

MATEO

Je l'exige !

CONCHITA

Non, ça m'assomme !

(Conchita saute sur l'estrade
et disparaît par la petite
porte.)

MATEO

On va rire !

PREMIER SPECTATEUR

Le mal est extrême,
Mais on mange avec quand
même !...

(Ovation à la fin de la danse.)
(Le public sort peu à peu.)

LE PATRON, aux Anglais qui vont
sortir.

Holà ! Messieurs !
A vos places !

QUELQUES SPECTATEURS,
à Garcia.

La Conchita va danser ce soir
[nue ?

LE PATRON

Chut ! Je vous en prie !

PREMIER SPECTATEUR, au patron.

Tu en gagnes ?
(Il rit.)

DEUXIÈME SPECTATEUR

Mais on pourrait fort bien te
[la prendre !
(Il rit.)

LE PATRON

Je voudrais bien voir, qu'on
[essaie !

MATEO, payant sa consommation.

Que fait Conchita après la
[danse?

(Il lui donne une pièce.)

LE GARÇON, montrant la fenêtre.

Par là,
De la rue vous verrez dans la
[salle.

MATEO

Par là?

LE GARÇON

Parfaitement...
Je laisse ouvert.

MATEO

C'est bien!

LE GARÇON

Mais surtout pas un mot...

LA FEMME

Viens à la brasserie?

(La voix se perd au fond.)

PREMIER SPECTATEUR

Je te paie un Cocido.

(Tous sont sortis.)

(Mateo sort. Le patron range les chaises, les tables, les
bancs, de manière à laisser un espace libre au
milieu du café; le garçon ferme la porte et éteint la
lampe qui éclaire l'estrade.)

SCÈNE II

Le Patron, les Anglais, leur Guide,
puis CONCHITA, MORENITO *et* les Guitaristes

PREMIER ANGLAIS

Two whiskies and soda...

DEUXIÈME ANGLAIS

Yes.

LE GUIDE

Vous verrez un charmant
Et très rare spectacle.

LE PATRON, aux étrangers.

Cinquante pesetas.

LE GUIDE

Par tête.
C'est le prix.

(Les Anglais paient.)

(Conchita apparaît sur la scène, suivie de Morenito et
des guitaristes.)

LE PATRON, aux Anglais.

La voici !
Faites-en part à vos amis.
Envoyez-nous du monde...

UN ANGLAIS

Pressez-vous : il est tard.

LE PATRON

Morenito! Flamenco!

(Morenito accorde la guitare.)

(Conchita danse. Elle a les épaules nues, elle est drapée
sous les bras dans un châle de Manille, le châle à
longues franges. Lorsqu'elle tourne sur elle-même,
on voit ses jambes nues à travers les franges. Mateo,
le front collé à la vitrine du dehors, ne perd pas un
geste de Conchita.)

(Le châle de Manille tombe aux pieds de Conchita; elle
danse couverte seulement d'un tout petit châle noir
à longues franges, qui laisse à découvert les épaules,
les bras et les jambes jusqu'aux genoux.)

(Mateo brise les vitres de la fenêtre et saute dans la
salle. Il est accueilli par les cris perçants de Concha
et les exclamations indignées des hommes.)

LE GUIDE, aux Anglais qui s'enfuient par la gauche.)

Décampons vite!
C'est la police!

SCÈNE III

CONCHITA, MATEO, GARCIA

MATEO, au patron qui fait un pas menaçant vers lui.

Canaille! Si tu bronches,
Je fais fermer
Ton sale bouge!

(à Conchita.)

Viens ici, sois sans crainte!
Allons! viens tout de suite!
Ou bien prends garde!

(Conchita est adossée au mur, les bras en croix.

Comme Christ sur la croix,
Je reste ici clouée.

(A Garcia.)

Je me charge de lui!

(Garcia sort par la gauche en marmottant.)

SCÈNE IV

CONCHITA, MATEO

(Dès qu'ils sont seuls, Mateo fait un pas.)

CONCHITA

Tu n'avanceras pas
Plus loin que cette chaise!

(Mateo ouvre et referme les doigts comme s'il allait
l'étrangler. Conchita, toujours les bras en croix, la
poitrine rentrée et les pieds réunis.)

MATEO

Raconte? Explique?
J'écoute. Invente! Parle!
Défends-toi bien! Répète
Un peu tes mensonges!
Effroyable menteuse!

CONCHITA, descend de l'estrade et s'approche de Mateo.

Il épie à la fenêtre
Et il brise aussi les vitres,
Il menace.
Puis il chasse mes amis!

MATEO

Tais-toi! Tais-toi!

CONCHITA

Imbécile!
Je serai renvoyée!
Ta scène est ridicule
Et grotesque!

(Conchita s'assied au pied de l'estrade et s'essuie les
épaules et les bras avec le châle de Manille.)

MATEO

Ah! voilà ton métier!
Cette femme est la femme que j'aime!

CONCHITA

Ignorais-tu donc la chose?
Que le soir ici je danse?
Innocent!

MATEO

Non, non!

CONCHITA, se levant d'un trait.

Et puis quoi? Qui donc
Es-tu? Mon père? Mon mari?
Mon amant?

MATEO

Oui, ton amant!

CONCHITA

Tu te contentes de peu!

(Elle rit.)

MATEO

Et mes droits, dis, tu les oublies,
Ton baiser et tes serments?

CONCHITA

Ah! l'histoire est bien ancienne!

MATEO

Si tu t'es donnée à d'autres,
Dis-le moi. Je disparais...
Je te le jure!

CONCHITA

Je suis à moi;
Nul encor ne m'a touchée!

MATEO

Concha... Et tous ces hommes?

CONCHITA

Ces gens sont pour moi des étrangers,
Des inconnus que je méprise!
Va! Tu divagues!

MATEO

Je souffre atrocement!
Vivrai-je enfin cette heure,
Ardemment désirée,
Mauvaise créature,
Toi qui troublas ma vie?
Cette heure viendra-t-elle,
Ou je n'aurai que haine

Pour mon cœur sans indulgence ;
Pour lui puisses-tu n'être à jamais
Qu'une voleuse d'amour
Qui mérite vengeance !

(Conchita, pendant les invectives de Mateo, s'aperçoit
de sa demi-nudité ; elle court à la fenêtre et la
ferme, puis s'enveloppe toute dans le châle de
Manille, de telle façon que, lorsqu'elle s'approche
de Mateo, elle est pudiquement couverte du châle.)

CONCHITA

Pourquoi ? Pourquoi ? Souviens-toi de la Fabrica ?
Je t'ai parlé la première,
Tu es bon, un jour
Tu m'as défendue.

MATEO

Alors, Conchita,
Pourquoi la fuite ?
Et le silence ?
Ce long silence ?

CONCHITA, la voix entrecoupée de sanglots.

Pourquoi ? Pourquoi ?...
Tu voulais m'aimer
Comme les autres !
Elle n'est pas à vendre
L'âme de Conchita...

(Elle pleure.)

Et puis je rêve
D'être adorée
Toute ma vie !
Ce qui suffit à d'autres femmes
Me laisse froide.

MATEO

Je t'aime, je ferai
Tout ce que tu désires !
Que veux-tu ?

CONCHITA

Non : impossible !
Vois où, ce soir, vois où tu m'as trouvée !
Ah ! Pouvoir vivre
Dans une simple
Maisonnette, calme,
Qui serait mienne,
Seuls… nous deux,
Très loin du monde !
Puis, en échange
De ta souffrance,
Pour que tes larmes
Soient effacées,
J'apporterais
En amoureux gage,
Une caresse
Immaculée !

MATEO

Cette maison,
Je la possède
Dans la calla Lucena ;
Je ne l'habite guère… Son jardin doit
Etre un nid de roses.
J'en ai la clé, là, sur moi…
(Il lui donne une petite clé.)
Je te l'abandonne.

CONCHITA

J'y entrerai la première et dans la nuit
Je viendrai t'ouvrir la grille,
Comme au cher amant
Mystérieux!

MATEO

Quel adorable rêve!
Concha toujours étrange!

CONCHITA

Mateo, c'est une idée
Qui me passe par la tête.

MATEO

Vas-y dès l'aube et mets partout des roses.
Fais-la belle et riante notre nuit de noces;
Ton fiancé ira vers toi plein d'espoir
Là-bas t'attendre à l'heure des étoiles;
Ouvre-lui la porte et puis ouvre tes bras :
Il revient de si loin pour suivre ta trace!

CONCHITA

Ah! oui!

(Elle appelle :)

Garcia!

(Le patron arrive.)

SCÈNE V

LES MÊMES, LE PATRON

CONCHITA

Mes frusques! Je m'en vais.
Merci. Fini le bal!
Ne compte plus sur moi!

(Mateo la regarde.)

LE PATRON, abasourdi.

Tu blagues?

CONCHITA

Non :
Ça déplaît à celui que j'aime!

LE PATRON, à Mateo.

Croyez, Señor,
Ce n'est qu'une méprise!
Une farce innocente
Et pour amuser les gens.
Elle danse, et rien d'autre ;
On ne lui connaît pas d'amoureux.

CONCHITA, à Mateo.

Laisse-le dire!

(Au patron.)

Où est maman?

LE PATRON

Elle dort.

CONCHITA, impatiente.

Réveille-la !

(Il sort en courant et appelle :)

LE PATRON

Señora Perez !

(Conchita regarde tendrement Mateo et lui fait signe
de partir.)

MATEO

Demain !

CONCHITA, baisant la clé en lui souriant.

Demain !

(Mateo s'éloigne. Conchita, à l'écart, reste absorbée,
regardant la clé. Mateo reparaît dans la rue et
s'approche de la fenêtre. Conchita se lève, ouvre la
fenêtre et offre ses lèvres à Mateo.)

RIDEAU

ACTE III

Cinquième Tableau

LA GRILLE

La nuit. Une rue de Séville étroite et parallèle au-devant de la scène Au milieu, une autre rue oblique. A gauche, une ruelle qui se perd sous une voûte basse qui réunit deux maisons. Un peu à droite, l'entrée de la maison de Mateo ; une grille, à travers laquelle on voit un "patio" éclairé par la lune. Sur le côté gauche de la maison de Mateo, un banc de pierre. Orangers et plantes vertes. Les rues sont obscures : dans cette obscurité, la cour seule est inondée de lumière. Un jeune homme est adossé à l'angle d'une maison de gauche et regarde en haut une fenêtre fermée. Après un moment paraît, dans le fond de la ruelle, le " Sereno" qui s'approche du jeune homme et échange quelques paroles avec lui. Celui-ci, après avoir attendu en vain, s'en va par le fond de la ruelle. Le " Sereno" s'avance et se rencontre avec deux jeunes filles qui viennent de la rue du milieu : le " Sereno" marche avec elles et tous sortent par le premier plan, montant à droite, devant la maison de Conchita. Deux amoureux étroitement enlacés viennent de la rue du milieu et se dirigent vers la ruelle de gauche ; arrivés dans l'obscurité de la voûte, ils s'enlacent, ils s'embrassent longuement et puis disparaissent dans le fond.

SCÈNE PREMIÈRE

UNE VOIX LOINTAINE

Les grands yeux nous disent :
Toujours je me tuerai!

Mais les yeux bleus plus tendres
Disent : J'en meurs! Ahy!
Très loin de toi
Je souffre en silence!
Loin de toi je souffre!

(Par la rue du milieu apparaissent deux jeunes filles et un
jeune homme se dirigeant vers la maison du milieu ;
arrivés à la porte, Enrichetta embrasse son amie,
salue le jeune homme et entre dans la maison. Les
deux autres, restés dans la rue, se placent en attente
sous le balcon de la maison d'Enrichetta.)

Pourquoi?
Auprès de toi, je rage,
Je pleure!
Mais si tu me quittes
Je meurs! ah! ahy!

(Enrichetta apparaît sur le petit balcon ; le jeune homme
y grimpe et baise les mains d'Enrichetta, puis se
laisse glisser à terre.)

L'AMANT

Arrache ce cœur [qui t'adore!
Encore! Encore!

L'AUTRE JEUNE FILLE

Bonne nuit, Enrichetta!

(L'amie et le jeune homme s'éloignent par le fond.
Enrichetta rentre dans la maison et ferme la fenêtre
qui donne sur le balcon.)

ENRICHETTA

Chut! Chut!

(Mateo vient par la gauche, il se dirige vers la grille et
sonne. Quelques secondes de silence. Mateo sonne
une seconde fois. Conchita apparaît et sourit. Elle
porte une jupe rose, un petit châle clair et deux
grosses fleurs piquées dans les cheveux.)

CONCHITA

Baisez mes mains !
(Mateo s'exécute.)
Le bas de ma jupe !
La pointe de ma mule !
Maintenant... Va-t'en !

MATEO

Concha ! Tu ris,
Dis que tu plaisantes ?

CONCHITA

Ah ! je m'amuse !
Es-tu content ? Je ris
De joie : c'est si drôle !
Non : jamais une femme
N'a pu rire ainsi !
Vois : je suis gaie
Et comme grise !
Regarde-moi :
J'étouffe, j'éclate,
C'est trop cocasse !
(Elle lève les bras et fait claquer ses doigts dans un
geste de danse.)

MATEO, étonné, stupéfait.

Ce rire ? Pourquoi ? Qu'as-tu ?
Mais tu plaisantes, Conchita !

CONCHITA

Ce n'est pas une farce,
Mais je ris d'être libre
Et maîtresse de tout mon corps.

MATEO, tente de secouer la grille.

Non, non, sang Dieu!

CONCHITA

Elle est solide et sûre!

(Elle se rapproche de la grille, la tête entre les mains
et cruellement.)

Mais toi, toi, reste encore!...
Oui, reste encore!
Depuis six mois
Ton désir me persécute!
Je me sauve... Tu m'attrapes
Et tes mains, tes mains me touchent
Et tu veux baiser ma bouche!

(Hurlant presque.)

Pouah! Pouah!

MATEO

Non! Non!

CONCHITA

Non, mes lèvres, je les garde,
Je te déteste
Et tu le sais bien.
Mais tu es lâche!

MATEO, avec une douleur surhumaine.

Ah! Concha,
C'est impossible!

CONCHITA

Si... Si...
Oui, ta bouche me répugne !
Quatre fois, aux pieds du prêtre,
J'ai reçu la sainte hostie
Pour purifier mes lèvres !

MATEO, comme dans un cauchemar.

Concha, pose tes mains sur mes tempes :
Elles sont froides et tout en nage !
Pose tes mains sur mes yeux tristes :
Elles seront trempées de larmes !
Assez ! tu m'as trop mis à l'épreuve !
Va, j'ai bu tous tes poisons qui rongent.
Mais ma folie était si forte,
Que, malgré moi, je vis encore !

CONCHITA, presque hurlante.

Va, va !

(Trois ou quatre personnes venant de la petite rue, avec
le "Sereno", regardent Mateo et se le montrent.)

LE SERENO

Dans une heure, ils diront bien d'autres choses !

(Le "Sereno" s'en va philosophiquement par la ruelle
de gauche ; les autres ricanent et sortent par la rue
du milieu. Mateo s'assure que la rue est à nouveau
déserte, s'approche de la grille et s'y laisse tomber à
genoux, les mains suppliantes vers Conchita.)

MATEO

Veux-tu donc qu'en cette nuit effroyable,
Ma cervelle éclate ?
Que je meure ici ?

CONCHITA

Mourir ?
(Sarcastique, en riant.)
Toujours ta ritournelle !
Toujours tu pleures ! Grâce !
Meurs donc, puis on verra !

MATEO,

Femelle misérable !
Porte toi-même
Cette chaîne terrible !
Tu sauras ma torture !

CONCHITA

Oui, mais sans toi !

MATEO, se relevant.

J'ai vieilli, tant j'ai de peine...
(Il pleure.)

CONCHITA

Oui, tu es vieux !

MATEO

J'ai peur de moi-même devant la glace !

CONCHITA

Je comprends, je comprends !
J'ai tout dit ! Va, va !

(Mateo reste pétrifié, puis lentement s'éloigne de la
grille, s'achemine vers la rue du milieu et, arrivé
près du banc de pierre, s'y laisse tomber, presque
évanoui. Conchita ouvre prudemment la grille, épie
la rue, la voit déserte, sort et se dirige vers l'angle
de la maison à gauche ; mais arrivée là, elle s'arrête
en apercevant Mateo écroulé sur le banc.)

CONCHITA

Eh bien ! m'as-tu comprise ?
Qu'attends-tu là ? Dis !
Tu veux rester encore ?
Oui ! Ouvre tes yeux, regarde ! ..
(Elle court à la grille qu'elle referme vivement après
être rentrée dans le "Patio".)

(Appelant :)

Morenito ! Morenito !

(Mateo est revenu à lui, il s'est levé et a suivi Conchita
d'un air stupéfait.)

Vois mon amant !

(Morenito vient de l'intérieur de la maison, s'approche
de Conchita et l'embrasse longuement, très serrée
contre lui.)

Tout jeune !
Sa bouche est fraîche !
Oh ! comme je l'aime ! Dieu, que je l'aime !

MATEO

Atroce ! Infâme !

CONCHITA, entraînant Morenito vers la maison.

Mon corps est bien à moi.
Je le donne à celui qui me plaît !

MATEO, râlant de douleur et de rage, vraiment fou.

Gueuse ! Chienne !
Je voudrais t'écraser là.
Sous mon talon, vipère !

(Un cri.)

Ah !

(Il tombe le long de la grille, la secouant en vain de
ses mains impuissantes.)

RIDEAU

ACTE IV

Sixième Tableau

LA MAISON DE MATEO

Une petite salle hexagonale, silencieuse et triste, tendue de tapis, sans autres meubles que des divans et quelques tabourets bas. Une glace dans un cadre peint, sur le mur de gauche. — Au fond, une large porte vitrée donnant sur le jardin. La porte vitrée est fermée. Sur la droite, une porte. Une petite table contre la porte vitrée.

SCÈNE PREMIÈRE

(Mateo est étendu sur un divan et semble dormir. Puis, peu à peu, il s'étire, se redresse, se laisse glisser du divan et reste assis sur le bord. Il passe la main sur son front, sur ses yeux. Puis, résolument, il se lève, va ouvrir la porte vitrée qui donne sur le jardin et respire profondément; puis sort dans le jardin et revient peu après, toujours las.)

MATEO

De l'air, j'étouffe !

(Il va à la glace et s'y regarde, douloureusement surpris.)

Dieu !

Mes cheveux ont blanchi !

(Silence.)

Ici, là!
Nuit infernale de douleur,
Nuit honteuse!
Mes yeux voudraient pleurer,
Mais ils n'ont plus de larmes!
Plus une!

(Il s'assied anéanti sur un escabeau près de la petite
table, presque le dos au public.)

SCÈNE II

MATEO, CONCHITA

(Du fond du jardin apparaît Conchita qui s'évente;
arrivée à la porte vitrée, elle s'arrête et observe,
puis vient s'asseoir en face de Mateo.)

CONCHITA

Quoi? Tu vis encore? Je croyais
Que tu me chérissais davantage.

(Se levant, regardant Mateo, ironique.)

N'épouse jamais, ma petite,
Un vieux pour ce qu'il a;
Car l'argent passe vite,
Et le vieux reste là!
Si...

(Mateo saisit violemment Conchita et la jette à terre.)
(Conchita, hébétée, grinçant des dents, se soulève lentement. Avec la longue épingle qui retenait la
manille sur sa tête, elle cherche à frapper Mateo;
mais celui-ci lui arrache l'épingle de la main, la
jette sur le tapis et fait tomber Conchita à genoux.)

MATEO

Pas d'insulte, pas de larmes !
Tu m'as fait endurer
Tous les martyres,
Tu m'as fait supporter
Les plus affreux supplices,
Toi, la femme adorée,
L'idole de ma vie !
Entends-moi bien, je jure
Que tu m'appartiendras, Concha,
Car je te garde ici
Enfin pour mon plaisir
Et comme il me plaît, je t'aurai !

CONCHITA, se relevant et venant, haineuse, à Mateo.

Non, tu ne m'auras pas !
Comme la mort je t'exècre !
Oui : plus que la mort !
Tue-moi vite
Si tu veux mon corps !

MATEO, triomphant.

L'ai-je assez attendue
Cette visite-là,
Cette folle journée !
Enfin tu seras mienne.

(Ironique.)

Ah ! Concha, grand merci pour ta pensée !

CONCHITA

Le lâche ! Brute !

MATEO

Sais-tu : nous sommes seuls...

(Il serre Conchita contre lui, bien qu'elle se débatte et
l'entraîne vers le divan de gauche.)

Les amants aiment tous
La solitude.
Vois : je puis te frapper, t'aimer !
Mais personne chez moi
Ne pourra t'entendre.

(Il la pousse brutalement sur le divan ; Conchita y
tombe, vaincue, hébétée.)

C'est toi qui souffre ! Eh bien ! Souffre !
Chacun son tour...

(Il se jette sur Conchita et la roue de coups ; puis,
comme un fou, court dans le fond, ouvre violemment la porte vitrée comme s'il voulait fuir dans le
jardin, mais il s'arrête, désespéré, immobile, sans
regarder Conchita. Conchita tombe du divan, les
bras étendus devant elle, la tête en arrière, les
cheveux défaits. Elle sanglote comme un enfant,
toujours sur le même ton, sans reprendre haleine.
Les sanglots secouent tout son corps, ses mains
arrachent les épingles de ses cheveux. Le jour
tombe de plus en plus.)

MATEO

J'ai pu me dégrader
A ce point, moi, Mateo?

(Il a un sanglot nerveux.)

CONCHITA, relève un peu la tête et faiblement
d'une voix éteinte.

Mateo !

(Mateo ne l'entend pas.)

MATEO

Voilà !
Ce que j'ai pu faire ! Quelle honte !

(Conchita, de sa place, sans bouger le corps. La tête
seule se redresse ; les yeux levés sans l'ombre d'un
reproche, avec de l'adoration, les lèvres trem-
blantes, articulant à peine.)

CONCHITA

O Mateo, faut-il que tu m'aimes !
Ah ! pardonne, je t'aime aussi !...
Tu m'as fait mal, je suis morte,
Mais c'était si doux !
Tu as donc tant souffert, et par moi,
Pour en arriver là ?
Pouvais-je croire ? Je suis folle,
Car, dans mon âme, je me perds,
Elle est mystérieuse !
O Mateo, pitié ! pitié !

MATEO, de la même place.

L'amour du mal, sa volupté,
Dépassent tes sens de femme !

CONCHITA, se traînant contre lui.

Non, Mateo, je suis tienne !

MATEO, étonné, surpris, à lui-même, murmure

Est-ce possible ?
Qu'oses-tu me dire encor ?
Conchita ?

CONCHITA

Ah! prends-moi, je suis ta chose!
La fleur par toi brisée,
Cueille-la vite.
Elle refleurira
Sous ta caresse!

(Mateo s'assied sur un tabouret bas, tout près d'elle.
Conchita se traine, s'agenouille, son visage est à la
hauteur de celui de Mateo qui se penche sur elle et
la tient par la taille.)

MATEO

Oh! tu es enfin domptée!
Domptée! Et enchaînée
Comme une esclave!

CONCHITA, lui embrassant les genoux.

Pas esclave!
Libre vierge qui se donne.
La scène de la grille
Est un mensonge!
Morenito ne m'est rien!
Je n'eus jamais d'amant!

(Avec une tendresse infinie.)

Tu verras! Tu verras!
C'est toi que j'aime!
Que tes yeux sont tendres!
Tes yeux, je les baise!
Et tes cheveux aussi, je les baise!
Dans tes cheveux quelques fils d'argent...
Ah! Comme ils brillent!

C'est moi qui te torture,
C'est moi qui te rend si triste!
Ainsi je t'aime!
Les jeunes gens ne savent pas aimer!

(Il fait nuit : la clarté de la lune entre par la baie
vitrée et illumine le groupe des deux amants.)

Dis-moi, te souviens-tu
De mon premier baiser?
Veux-tu le même ?

MATEO

Oui!

(Un long baiser.)

Son doux parfum, je le retrouve,
Mais cependant ta bouche est plus chaude,
Ta bouche m'est nouvelle!

CONCHITA

C'est que toute mon âme
A passé ce soir dans la tienne
Et frémissante, je t'aime!

MATEO

O misérable
Trop adorée, je t'aime!

CONCHITA

Heure divine!

MATEO

Heure divine!

CONCHITA

Ah! mon Mateo!

MATEO, comme dans un spasme.

Ah! que je souffre, Conchita!

CONCHITA, MATEO

Ah! que je t'aime!

(Voix lointaines dans la nuit.)

(Le rideau tombe lentement.)

VERSAILLES. — SOCIÉTÉ RÉGIONALE D'IMPRIMERIE ET DE PUBLICITÉ
59, RUE DU MARÉCHAL-FOCH.

Société Anonyme des Éditions RICORDI

PARIS - 18, Rue de la Pépinière - PARIS

CATALOGUE
des
Livrets d'Opéras, Opéras-Comiques, Opérettes, Ballets, etc.

<table>
<tr><td>FOURDRAIN (F.)...</td><td>CADET-ROUSSELLE, Opéra comique en trois actes de P. SAINT et MARC PY...</td><td>6. »</td></tr>
<tr><td>VERDI (G.).......</td><td>DON CARLOS, Opéra comique en quatre actes. Traduction française de MÉRY et CAMILLE DU LOCLE...</td><td>5. »</td></tr>
<tr><td>VERDI (G.).......</td><td>FALSTAFF, Comédie lyrique en trois actes. Traduction française de P. SOLANGES et A. BOÏTO...</td><td>5. »</td></tr>
<tr><td>ZANDONAÏ (R.)....</td><td>LA FEMME ET LE PANTIN (Conchita), Opéra en quatre actes de M. VAUCAIRE...</td><td>5. »</td></tr>
<tr><td>PUCCINI (G.)......</td><td>FILLE DU FAR-WEST, Opéra en trois actes. Traduction française de M. VAUCAIRE...</td><td>5. »</td></tr>
<tr><td>FIJAN (A.).......</td><td>LES FUGITIFS, Drame lyrique en deux actes de G. LOISEAU.</td><td>5. »</td></tr>
<tr><td>PUCCINI (G.)......</td><td>GIANNI SCHICCHI, Opéra comique en un acte. Traduction française de P. FERRIER...</td><td>3. »</td></tr>
<tr><td>PONCHIELLI (A.)...</td><td>GIOCONDA, Drame lyrique en quatre actes. Traduction française de P. SOLANGES...</td><td>5. »</td></tr>
<tr><td>GANNE (L.).......</td><td>HANS LE JOUEUR DE FLUTE, Opéra comique en trois actes de M. VAUCAIRE et G. MITCHELL...</td><td>6. »</td></tr>
<tr><td>RICHEPIN (T.)....</td><td>LE JOLI JOCKER, Conte musical en trois actes de A. WILLEMETZ...</td><td>6. »</td></tr>
<tr><td>PUCCINI (G.)....</td><td>LA HOUPPELANDE, Drame lyrique en un acte. Version française de D. GOLD...</td><td>3.</td></tr>
<tr><td>— ....</td><td>MADAME BUTTERFLY, Drame lyrique en trois actes. Traduction française de P. FERRIER...</td><td>5. »</td></tr>
<tr><td>— ....</td><td>MANON LESCAUT, Drame lyrique en quatre actes. Traduction française de M. VAUCAIRE...</td><td>5. »</td></tr>
<tr><td>BOÏTO (A.).......</td><td>MEPHISTOPHELES, Opéra en quatre actes et un prologue. Traduction française de P. MILLET...</td><td>5. »</td></tr>
<tr><td>ERLANGER (Fr. d').</td><td>NOEL, Drame lyrique en trois tableaux de P. FERRIER...</td><td>5. »</td></tr>
<tr><td>MONTI (V.)......</td><td>NOEL DE PIERROT, Mimodrame en trois actes de F. BESSIER</td><td>3. »</td></tr>
<tr><td>VERDI (G.).......</td><td>OTHELLO, Drame lyrique en quatre actes. Traduction française de C. DU LOCLE et A. BOÏTO...</td><td>5. »</td></tr>
<tr><td>ALGER (R.).......</td><td>PARIS-NEW-YORK, Comédie-opérette en trois actes de F. DE CROISSET et E. ARÈNE...</td><td>6. »</td></tr>
<tr><td>ALFANO (F.)......</td><td>RÉSURRECTION, Drame en quatre actes d'après TOLSTOÏ. Traduction française de P. FERRIER...</td><td>5. »</td></tr>
<tr><td>GANNE (L.)......</td><td>RHODOPE, Opéra comique en trois actes de P. FERRIER et P. DE CHOUDENS...</td><td>5. »</td></tr>
<tr><td>PUCCINI (G.......</td><td>SŒUR ANGELICA, Drame lyrique en un acte. Traduction française de P. FERRIER...</td><td>3. »</td></tr>
<tr><td>— ....</td><td>LA TOSCA, Opéra comique en trois actes. Traduction française de P. FERRIER...</td><td>5 »</td></tr>
<tr><td>— ....</td><td>TURANDOT, Drame lyrique en trois actes. Traduction française de P. SPAAK...</td><td>5. »</td></tr>
<tr><td>LÉVY (M.-M.)....</td><td>LES TROIS PANTINS DE BOIS, Ballet-pantomime en un acte de P. CHANTEL...</td><td>2. »</td></tr>
<tr><td>SZULC (J.)........</td><td>LA VICTOIRE DE SAMOTHRACE, Opérette en trois actes de G. DUMESTRE...</td><td>6. »</td></tr>
</table>